Tomi Ungerer

El Hombre Niebla

Una historia de Irlanda

Lóguez

Finn y Cara eran hermano y hermana.
Vivían muy lejos, a orillas del mar.

Su padre era pescador.
La madre se ocupaba de la granja.
Huerto y cuadra daban todo lo que necesitaban.
La familia era pobre pero estaba agradecida
de tener lo necesario para vivir.

Finn y Cara cuidaban de las ovejas
que pastaban al borde de los acantilados.

Cargaban la turba, cortada y seca,
para la lumbre.

Por las noches, cuanto más aullaba el viento,
más a gusto se sentían en su casa.

El padre también construía barcas.
Preparó con cañas y lona alquitranada una sorpresa
para los niños:
un *curragh,* una pequeña canoa.

"¡Pero no salgáis de la ensenada", les advirtió,
"y manteneos alejados de la Isla de la Niebla!
Es un lugar maldito, rodeado por
corrientes traicioneras. Ninguno de los que se han
atrevido a ir hasta allí ha regresado jamás".

A lo lejos, en el mar, la Isla de la Niebla sobresalía en el oleaje
como un negro diente mellado.

A Finn y Cara les gustaba explorar la costa e ir a pescar solos.
Un día, de pronto, se vieron rodeados por la niebla y
la bajamar los fue arrastrando.
Las fuertes corrientes los llevaban mar adentro.
No se oía nada excepto el repiqueteo
de la boya advirtiendo del peligro.

Lentamente, fue cayendo la oscuridad.
La corriente los llevó a una pequeña bahía.
Arrastraron su barca a tierra y se
dispusieron a pasar la noche.
Al salir la luna y emerger el entorno
en una luz lechosa, se hizo visible una escalinata
esculpida en las rocas del acantilado.
Finn miró a su alrededor.

"¡Esto tiene que ser la Isla de la Niebla!", exclamó.
"Ven, vamos a ver a dónde conducen esos escalones".

La escalera era empinada y resbaladiza y, a la
luz de la luna, todo parecía como espolvoreado con harina.
Subieron más y más arriba…

Y, al final, llegaron a una puerta en un alto muro.
Llamaron y, al abrirse lentamente, chirriaron
sus oxidados goznes.

Ante ellos, se encontraba un hombre viejísimo.

"¡Vaya, qué sorpresa!", exclamó. "¿Qué hacéis vosotros
aquí? ¿Quiénes sois? Da lo mismo,
¡entrad y sed bienvenidos!".

Entraron en una gran sala en forma de gruta, en la que, extrañamente, el aire estaba impregnado de un vapor cálido.

"Soy el Hombre Niebla", dijo su anfitrión. "¡Seguramente os habéis perdido en mi niebla!".

"¿Qué quiere decir con *su* niebla?", preguntó Finn.

"Yo soy el que la hace. La he encendido y, ahora, la apago de nuevo para que mañana tengáis visibilidad en vuestro viaje de regreso a casa".

"¿Cómo hace la niebla?", quiso saber Cara.

"Os lo mostraré", contestó el Hombre Niebla y
abrió la pesada puerta metálica de una poderosa caldera.
"Mirad dentro, ¿qué es lo que veis?".

Finn y Cara se inclinaron sobre el borde de la escotilla
y miraron hacia un profundo, profundo pozo
del que ascendía, de muy abajo, un calor abrasador
producido por una incandescente, burbujeante masa roja.

"¡Parece el Infierno!", dijo Finn.

"Es magma. Estáis mirando directamente al centro de la Tierra".

"¿Como dentro del cráter de un volcán?", preguntó Cara.

"Exacto", respondió el Hombre Niebla.
"Si abro la válvula, entra agua del mar,
se evapora y se convierte en niebla".